La caisse

Les Éditions du Vermillon remercient
le Conseil des Arts du Canada
et le Conseil des arts de l'Ontario
du soutien qu'ils leur apportent
sous forme de subvention globale.

Les Éditions du Vermillon
305, rue Saint-Patrick
Ottawa (Ontario) K1N 5K4
Téléphone : (613) 241-4032
Télécopieur : (613) 241-3109

Diffuseur
Québec Livres
4435, boulevard des Grandes-Prairies
Saint-Léonard (Québec) H1R 3N4
Téléphone : (1800) 361-3946, (514) 327-6900
Télécopieur : (514) 329-1148

PS
8593
A449
. C 3
1994

Collection «Parole vivante», n° 25

La caisse

Vingt-cinq contes   Vingt-cinq dessins

Danièle Vallée   Cécile Boucher

 Les Éditions du Vermillon

La caisse

Il en fit sept fois le tour, avançant, reculant, se penchant et se relevant, à la cadence des questions qui se bousculaient dans sa pauvre tête.

Il s'immobilisa pour mieux réfléchir à une stratégie d'attaque. Il gonfla enfin la poitrine, fier de sa trouvaille. Il la regarda d'un air vainqueur, lui tourna le dos et marcha, désinvolte, jusqu'à la fenêtre. Simulant l'indifférence, il regarda rêveusement vers la route. Puis, dans un mouvement inattendu, il se retourna vivement vers elle pour la surprendre.

Elle demeurait immobile, impénétrable, toute engrossée de son secret.

Ç'aurait pourtant pu être si simple. L'ouvrir. Faire sauter le couvercle. En finir.

Non. Plutôt... être délicat avec elle. L'amadouer. La frôler. La toucher. La soulever, la soupeser, jouer avec elle pour deviner son poids, sa forme et peut-être... son contenu.

«Demain, demain!»

L'homme dormit mal. Au matin, il ne s'étira pas. Il alla tout droit vers la caisse dans l'espoir de constater qu'elle n'existait pas plus que son cauchemar.

Pourtant, elle était toujours là, close et menaçante, venue d'un expéditeur anonyme, débordante d'inconnu.

L'homme, enhardi, fit vers elle quatre pas de géant et s'arrêta net.

Il fallait la distraire. Il la déguisa. Il l'habilla d'une délicate nappe de dentelle, l'orna d'un chandelier de cristal et d'un bouquet de fleurs, se mijota un bon petit plat et, apaisé, se mit à table. Il mangea et but goulûment.

Gavé, grisé, l'homme dévêtit sa proie et résolut de la violer enfin. Il inséra un outil entre le couvercle et le cube. Il suait.

Intrigante, la fente s'écarquillait à peine, comme un œil épiant la lumière. Un léger craquement..., la noirceur..., un indice. La peur et l'angoisse enfoncèrent des poignards ébréchés dans l'estomac de l'homme qui se mit à vomir violemment.

Il suait de plus en plus et maintenant, il puait.

Il sortit de la pièce en hurlant et y revint, brandissant de longs clous très fins qu'il enfonça avec rage dans le crâne rugueux de la caisse.

Il passait désormais des journées entières, tapi dans un coin à espionner la boîte de bois. Il la veillait comme sa propre mort.

La vomissure avait séché sur le sol autour des empreintes de ses pas.

Quand les inspecteurs de police arrivèrent, ils décrochèrent le pendu et s'empressèrent d'ouvrir la caisse qui lui avait servi de potence.

L'alliance

ÉGARÉ. Perdu. Introuvable. Le bel anneau ciselé avait passé la frontière,
la jointure, clandestinement, d'une phalange
à l'autre, un jour qu'elle avait trop maigri.

Elle aurait dû le surveiller de plus près.
Elle le savait; elle s'en était toujours méfiée.
C'était un jonc sournois qui n'avait fait
aucun bruit en tombant. Elle le soupçonnait
de s'être évadé entre la maison et la rivière
ou, mieux encore, entre le boisé et la maison,
parmi les ronces, les pierres et les chardons.

Après l'avoir pleuré bien comme il faut,
elle contempla son annulaire gauche sans
anneau, mis à nu, et se rendit compte qu'elle
n'était plus mariée. Elle essuya une dernière
larme, mit son chapeau et sortit.

Lorsque son mari rentra ce jour-là, il ne
trouva ni sa femme, ni le repas. Il jeûna. Sa
femme, qui n'était plus son épouse, se mit à
arriver de plus en plus tard, à parler de plus

en plus fort de choses de plus en plus graves et sociales.

Le mari résolut de retrouver le jonc. Il organisa des battues et promit des récompenses. Il afficha sur les plus gros chênes un portrait robot de l'anneau disparu, pour faciliter les fouilles. Il fit venir un homme-grenouille pour scruter le fond de la rivière et des pêcheurs pour ouvrir le ventre des carpes, mangeuses d'appâts dorés.

Bientôt, toute la ville fut à la campagne. Un chercheur au moins par mètre carré.

La démariée, elle, était en ville et s'occupait d'affaires de ville. Libérée, allégée.

L'été passa ainsi. Les chercheurs labourèrent les champs de leurs ongles, éventrèrent les poissons et vidèrent la rivière.

Puis, un bel après-midi d'octobre, alors qu'elle s'apprêtait à sortir, elle remarqua que la campagne était aussi vide que la rivière et que les affiches étaient tombées des arbres, avec les feuilles. C'est à cet instant qu'elle aperçut le petit jonc ciselé qui brillait sur la table de la cuisine. Elle le glissa sur son petit doigt maigre, enleva son chapeau, mit son tablier et prépara le repas du soir.

À la gare

UNE PETITE dame fort coquette vint un jour poser son petit postérieur fort coquet sur un banc de gare entre deux religieuses.

En s'assoyant, son soulier droit et très pointu heurta le soulier gauche du monsieur d'en face. Il en baissa son journal. Comme si la pression du pied avait actionné des leviers remuant les bras. Du même coup, et par le même levier, les yeux des deux religieuses se levèrent.

La voix de la petite dame avait quelque chose de très pointu, comme ses souliers.

«Il me semble vous avoir déjà vu quelque part... Oui, j'en suis certaine. Votre visage m'est familier. Demeurez-vous à Chamis? Moi, je vais souvent à Chamis, rendre visite à ma fille... Ou peut-être dans un grand magasin? Oui, plutôt..., enfin, un endroit bondé de gens.»

Il fit signe que non.

« Pourtant... » insista-t-elle...

Deux pages du journal passèrent... Les religieuses baissèrent le regard.

« C'est bête..., mais plus je vous regarde... »

Le journal s'abaissa. Les paupières des religieuses se levèrent à nouveau.

« Eh bien! Ne me regardez pas! »

Le monsieur remonta promptement son journal, mais les yeux des religieuses demeurèrent fixes, comme bloqués.

La petite dame eut un petit ricanement... coquet.

« Évidemment. Mais tant que je ne vous aurai pas replacé dans ma mémoire... Pardonnez mon insistance, monsieur, mais le mien, mon visage, il vous dit quelque chose? »

Cette fois, l'homme ne baissa pas le journal, il haussa le ton.

« Il commence! »

L'atmosphère devint très lourde. Les religieuses inclinèrent la tête. La dame aussi. Elle prit ses lunettes et un livre.

La dernière page du journal passa en silence. Le monsieur le plia, le mit sur ses genoux. Les religieuses, sages brebis, posèrent leurs mains jointes sur leurs genoux respectifs.

« Les lunettes! vos lunettes! C'est vous, la vieille folle du cimetière! C'est vous qui aviez volé les fleurs sur la tombe de ma pauvre femme pour orner celle de votre mari! Je vous reconnais, c'est bien vous! »

Le monsieur se rassit et croisa les bras, savourant sa victoire. La petite dame, de plus en plus petite, enleva ses lunettes et décroisa les jambes. Les deux religieuses se levèrent d'un bond et se mirent à applaudir!

Le demi-frère

L ES TROIS autres fils, les vrais, les authentiques, les entiers, comme il les
appelait, se faisaient suer à essayer de lui
rendre sa totalité, parce que leur père, de sa
voix de radio, les réprimandait souvent :

«Oui, je l'ai conçu dans un deuxième lit,
mais avec la force d'un premier amour.
Aimez-le.»

Certains jours, le père brassait ses quatre fils dans sa grosse main, comme des dés.
Quand il les lançait sur le sol, le demi-frère
roulait hors jeu et ne faisait jamais paire
avec les autres.

Quant à lui, sa demi-fraternité ne le
troublait point. Il s'acceptait parfaitement
comme un demi-enfant, un demi-individu, si
bien qu'il avait tendance à marcher de côté
pour n'exposer qu'une moitié de son corps. Il
portait un seul gant et rangeait la main nue
et inutile dans sa poche. Il souriait du même

côté que le gant, dormait de cet œil, avait du front d'un seul côté de la tête et n'avait aussi que la moitié d'un cœur. Ainsi, il n'aimait que sa mère. Souvent, il blottissait sa moitié animée sur ce cœur de femme débordant d'amour et de pitié pour ce petit, ce demi-petit, cette miniature d'homme qu'elle avait enfantée.

Les frères authentiques eux, allaient gaiement d'un cœur à l'autre, d'un parent à l'autre, s'agrippant aux lianes des cheveux de leur mère pour aller plonger dans la barbe confortable de leur père.

Chaque jour, la demie inerte du frère s'engourdissait davantage. Le père haussait le ton et réprimandait le trio des frères véritables.

Puis un matin, le demi-frère demeura introuvable. Sur son lit, dormaient un bas, un demi-chandail, un demi-pantalon.

Le père en colère attela ses trois fils et les guida sur la route en criant :

«Cherchez-le, trouvez-le et ramenez-le moi!»

Son fouet fendait la route en deux derrière les trois garçons qui flairaient, ventre au sol, la trace unique du pas de leur frère qu'ils ne rattrapèrent jamais.

Au café

IL L'ATTENDRAIT. Il avait le temps. Toute une vie.

Elle avait dit qu'elle reviendrait un jour, «mon grand amour», dans ce petit café, et avait juré qu'ils se reconnaîtraient, «n'aie pas peur», malgré le temps, malgré les ans, et les ravages.

La première année de l'attente fut pénible. Il attendait, mais il avait peur. Plus qu'une peur, une obsession de devenir méconnaissable, à cause des ravages dont elle avait parlé. Et, tous les soirs, il arrivait au café, à cinq heures, après son travail et quittait le café quand le patron assoyait les chaises sur les tables.

Il parlait peu. Le patron disait que c'était un solitaire.

L'année suivante, il résolut de ne pas vieillir, eut moins peur, attendit de plus en plus, mais de mieux en mieux. Maintenant qu'il avait quitté son emploi, il rentrait au café avec le patron, le matin et en ressortait avec le patron, le soir. Il assoyait lui-même sa chaise sur la table avant de partir.

Il ne parlait plus. Le patron disait que c'était un dérangé.

Pour duper le vieillissement, il se déguisa d'une paralysie : il cessa de sourire, sauf une fois la semaine, le mardi. Ces soirs-là, après s'être miré avec précision du front au talon, il se consentait un minuscule sourire de satisfaction, à peine réfléchi. Il demeurait indemne : un jeune pétrifié dans son jeune âge. Pas un cheveu gris, pas un cheveu en moins; il les comptait. Jamais une mimique trace-rides, jamais un geste gratuit, abîme-corps. Et par-dessus tout, jamais d'angoisse, froisse-épiderme. Juste une attente, lente, patiente et raisonnée.

Il devint si habile, que le vieillissement lui-même se désintéressa de sa jeunesse.

Il n'attendait même plus. Il était juste là, inaltérable sur sa chaise. Elle le retrouverait comme elle l'avait quitté, dût-il avoir quatre-vingt-dix ans.

Ainsi, en trente-sept ans, il avait inventorié sept patrons, deux patronnes et une trentaine de garçons de table, sans vraiment les voir.

Il en était à ces compilations quand elle entra. Toute changée, toute vieillie, toute elle. Il la dévisagea, la démembra aussi. Belle, plus belle. Souriante, plus souriante avec son expression de : «mon grand amour, n'aie pas peur!»

Lui, il avait trop peu changé; elle ne le reconnut pas. En passant près de lui, elle heurta sa chaise :

«Oh! ricana-t-elle, excusez-moi, jeune homme!»

Elle sortit du café. Il voulut la retenir, mais il avait oublié comment faire ce geste.

Trente-sept années étaient passées autour de lui. Il en fit le compte à rebours, lentement, ankylosé sous tant de beaux cheveux. Soudain, il se leva d'un bond et marcha jusqu'à la porte; son dos craquait et se courbait. Il hurla si fort le nom de sa bien-aimée que tout son corps se mit à frémir. La secousse fendilla son beau visage.

Il s'arrêta sur le seuil, épousseta les cheveux blanchis, tombés sur son manteau et, fatigué, très fatigué, retourna à sa place.

Ce soir-là, quand le patron ferma boutique, il aida le vieillard à asseoir sa chaise sur la table.

La grande
demande

L E LOGIS de la vieille était solidement
coincé dans un épais pâté de maisons. Dès le matin, pour se dégager de cette
étreinte de briques, la vieille ouvrait les deux
portes de sa bicoque. La ville entrait par devant et la campagne par derrière.

La première fois qu'il passa par là, il fut
vivement aspiré par cette ouverture, mais
dut s'arrêter net sur le pas de la porte quand
le chat zélé qui montait la garde sous la com-
mode lui fit « miaou ».

Il vit alors qu'au bout du long passage,
la porte arrière bâillait sur de grandes fleurs
entassées se tenant par la main et s'embras-
sant. Au milieu d'elles, il vit aussi une vieille
dame qui parlait et riait en se frayant un
chemin entre leurs caresses. Il l'aima. Attiré
par cet éclat d'amour, elle remarqua le jeune
garçon dans le cadre de l'entrée et en fut
heureuse.

Il décida de la courtiser, elle décida de le séduire. Ils s'aimèrent follement, mais gardèrent une distance, celle du long corridor qui reliait la porte arrière à la porte avant et, une saison durant, leurs deux enfances extrêmes s'amusèrent à se faire la cour d'un seuil à l'autre.

Certains jours, quand la vieille dame était trop émue, elle se mettait à trembler doucement, entraînant toutes ses fleurs avec elle. Les ondes de ce tendre frémissement sautillaient le long du corridor et frappaient le jeune garçon en plein corps. L'émotion le secouait si fort qu'il perdait pied et devait se tenir au cadre de la porte pour éviter de tomber. Il retenait son souffle et son cœur autant que son équilibre.

Mais un matin, le jeune garçon, à bout de souffle et de cœur, prit une grande décision : il demanderait la main de la dame du jardin. Ce matin-là, toute la ville se tint en renfort derrière lui, haute et solide.

Il n'entendit même pas le chat zélé qui lui fit trois fois « miaou » en le voyant descendre du seuil où il avait passé la première saison. Il marcha trente pas d'homme et fut devant sa dame. Derrière elle, en renfort, se tenaient ses fleurs hautes et solides.

Il en coupa une et la lui offrit. Après, il lui demanda sa main. Elle pencha son visage heureux vers le sien, lui tendit la main qu'il réclamait et guida ce tout petit enfant dans sa brousse, loin du corridor, loin des âges.

Les amants

COMME tous les amants, ils se sont suicidés. Eux, dont l'amour se métamorphosait en haine au contact de l'angoisse et de l'absence.

Par un beau jour de belles retrouvailles, ils se firent victimes de leur étreinte. Ils se serrèrent si fort, si fort, que leurs os d'abord craquèrent, puis se brisèrent.

De grands fragments de fémurs, de côtes et d'autres os transpercèrent leur peau. Les os éclissés se croisaient et s'enchevêtraient. Alors, la chaleur intense émanant des corps fiévreux souda les ossatures l'une à l'autre.

Les vaisseaux sanguins, en éclatant, timbrèrent des ecchymoses fleur-bleue sur les épidermes blanchis, tendus de tendresse.

Seuls leurs visages sont restés intacts et beaux, si beaux.

Épuisés, minés, puis enfin morts, les amants sont tombés.

Des embaumeurs très spécialisés, de New York sûrement, entreprirent de disjoindre les cadavres; peine perdue, la greffe d'ivoire résistait.

Irrités devant l'échec, mais méthodiques et opiniâtres, les spécialistes convinrent de les décapiter. Très soigneusement.

Ils ensevelirent ensuite leurs belles têtes dans des fosses distinctes très communes.

Longtemps, la légende a parlé d'eux comme d'une étrange bête blanche tachetée de bleu, osseuse, à deux têtes, mais sans jamais parler de son cœur.

Les poupées

L'UNE de cire, l'autre de porcelaine. L'une agressive et cassante, l'autre timide et fondante.

Elle, la patronne, ni agressive, ni timide, mais toute de chair.

Vingt-cinq années dans une boutique à faire les yeux doux aux clients n'avaient pas altéré les beaux traits enfantins des poupées.

La patronne, elle, se maquillait de plus en plus... Tous les matins, elle époussetait ses filles, comme elle les appelait, avec minutie, laissant un peu de poussière ici et là, pour l'air vieillot.

La poussière, répétait-elle, est un atout précieux dans une boutique d'antiquités comme la mienne; c'est comme les cheveux gris, ça vieillit. Elle, elle était blonde platinée depuis plusieurs années.

Ainsi, elle appliquait de la poussière aux poupées, avec autant de soin qu'elle se fardait et se poudrait. Elle la cultivait, la poussière, elle la conservait; elle en possédait de la très vieille, de l'odorante qui sentait la vermoulure.

Elle, elle portait du Chanel numéroté.

Dans ce va-et-vient de poussière, les poupées rêvaient à journée longue, à nuit longue puisqu'elles étaient d'une époque où les yeux à balancier qui se ferment n'avaient pas encore été inventés. Elles s'imaginaient, qu'un jour, une riche héritière viendrait les acheter et les exposerait dans une belle armoire très stylée et très vitrée. Évidemment, tout près de cette armoire, se tiendrait, en sentinelle, une bonniche en tablier, chapeautée d'une coiffe et armée d'un plumeau.

La patronne, elle, ne rêvait tout simplement pas. Et elle avait des yeux à balancier qui se ferment.

Or, un jour, elle arriva, cette riche héritière. C'était un homme. Les poupées n'en demandaient pas autant. La patronne, elle...

Un homme. Et il avait dans le regard, quelque chose d'un vrai collectionneur. Il se dirigea sans hésitation vers les deux poupées. C'était un indice qui ne trompe pas. Les poupées séduisaient et séduisaient!

La patronne, elle, se dandinait.

Juste au moment où il fit un geste pour saisir une poupée, la patronne l'intercepta.

Les poupées se serrèrent les coudes; un petit nuage de poussière parfumée montait dans l'air. Elles tendirent l'oreille. Pour un

monsieur aussi hautain, il avait le verbe bas.
De la conversation, les poupées, surtout celle
de porcelaine, avait retenu : « petite poupée »,
« mignonne », « dans ma chambre », et « faites-
moi un prix ».

Elles savaient maintenant que le sort en
était jeté. L'une d'elles partirait, mais laquelle?
Celle de cire ou celle de porcelaine? L'une
craquait, l'autre fondait. Le suspense ainsi
que le ton de l'homme montèrent quand il
fut question de fixer un prix.

« Soixante-quinze dollars! » annonça la
patronne.

Elle bougeait exagérément et le Chanel
embaumait. Il affirma :

« Cinquante.

– Soixante-cinq, lança-t-elle.

– Va pour soixante, régla-t-il. »

Il sortit son portefeuille, un immense
portefeuille en peau de crocodile qu'il faut
enchaîner à son pantalon pour qu'il ne s'en-
fuie pas. Il en tira des billets ct les remit à la
marchande.

Elle se tourna vers les poupées de son
air de soyez-sages, enleva son couvre-tout,
se dirigea vers la porte, tourna la carte mar-
quée : « De retour dans quinze minutes », et
prit le bras du client pour l'entraîner vers le
petit hôtel d'en face.

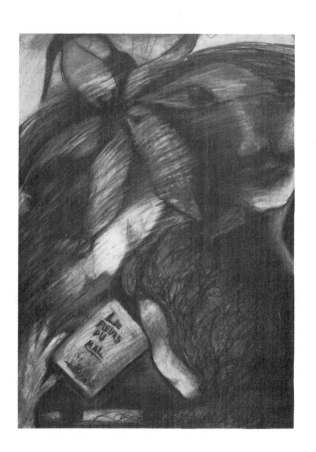

Des fleurs

IL LUI AVAIT offert des fleurs. Une gerbe d'orchidées délicates et roses, délicates et blanches.

La veille, elle avait été violée brutalement et il pensa qu'elle méritait bien des orchidées, surtout des blanches.

Elle courut chez le libraire, portant son bouquet comme un trophée et acheta un livre. Pour comprendre; non pas le viol, mais les fleurs.

Elle comprit. Et elle se mit à vivre du mal et de la haine. Bien, très bien.

Le fiancé déçu

IL ÉTAIT sept heures moins dix quand il décida fermement qu'il était inutile de mourir pour une femme qui l'avait quitté pour un dieu. Fier de sa décision, il s'en frotta les mains joyeusement. Dorénavant, il haïrait. Ce serait plus simple et moins mortel.

«Finie la douloureuse agonie d'amour! Que la virginale fiancée de monsieur dieu subisse ses miracles au fond d'une cellule, je m'en fiche. Adieu la belle nonnette à cornettes! À Dieu!»

En disant cela, il jeta la photo et les lettres enflammées de cette femme dans l'eau du puits qui se mit à bouillir. Il s'éloigna de cette vapeur collante et rentra.

Il prit son cruchon d'eau, le changea en vin et but sans arrêt jusqu'à sept heures moins cinq.

Après, il sortit sur son perron, regarda sa terre et se mit à l'accuser de tous les péchés qu'elle avait portés : «Terre de roches! Terre aride! Terre de sang!»

Il s'élança sur le troupeau des taureaux et leur commanda de la fouler et de la balafrer à coups de sabots et de cornes.

Il visa sa vieille vache, lui cracha dans l'œil en piquant sa fourche ébréchée dans son flanc engrossé de manière à tuer son embryon de veau. Il la renia avec la même passion qu'il avait détesté sa terre.

Il roua son bon chien de coups de pied. Autant de coups de pied que de syllabes dans les mots «fidèle imbécile» qu'il lui hurla à trois reprises. Au même moment, sa longue chatte vint lui frôler les jambes, comme pour le consoler. Il l'empoigna par la queue et la lança sur le tas de fumier.

Il les exécra furieusement, comme la terre et la vache, comme la femme et le dieu.

À cette heure, se croyant délivré, il eut un vilain sourire, ses deux gros pouces bien ancrés sous ses bretelles. Il ne sentait presque plus son mal d'aimer. Il éprouvait même un indicible plaisir à haïr.

Ce plaisir lui dura à peine dix minutes, puisque à sept heures précises, le fiancé déçu mourut.

L'autopsie révéla que cet homme était décédé des suites d'un excès d'amour ou... de haine.

Les pentures

TOUS LES soirs, les cinq employés sortaient de l'usine dans cet ordre et toujours portant le même objet.

Lui, il les regardait s'enroutiner, s'enroutiner, devenir pareils à rien, mais pareils. Leur vie était une journée éternelle, juste un peu plus pâle, juste un peu plus foncée, selon les soleils et les lunes.

Il les observait. Coupable. Déçu. Responsable. Ces cinq hommes qu'il voyait s'avilir, étaient ceux qu'il payait pour assembler des pentures : des grosses, des moyennes, des petites, mais jamais des minuscules, ni des géantes.

Les employés n'aimaient pas la musique, mais ils aimaient les radios à ventouses qui sucent le cerveau. Ils n'aimaient pas lire, ils aimaient les histoires meurtrières qui tuent le temps. Ils n'aimaient pas les fleurs, ils aimaient les gros bouquets jetables qui poussent dans des pots vides.

Ainsi, ils sortaient de l'usine dans cet ordre parfait des choses. Petit, moyen, grand. Jamais minuscule ou géant. Et lui, il les regardait en pensant.

Un matin, à huit heures, il leur dit sur un ton génial :

« Mes hommes, je viens de signer un contrat. Ma plus belle signature pour vous faire assembler des pentures géantes, plus grandes que vous. Pour les énormes portes d'un énorme château qu'habitera un énorme président. »

Ce mensonge de conte de fée le soulagea.

Les hommes se mirent à la tâche.

Ils façonnèrent les cinq pentures exigées, superbes et colossales, sans poser de questions. Sans se méfier du chiffre impair.

Et, tous les soirs ils sortaient de l'usine dans l'ordre.

Lui, les regardait et souriait davantage chaque jour. Moins coupable. Moins déçu. Moins responsable.

Un soir, pourtant et malgré le coup de sifflet, les cinq hommes ne sortirent pas. Ni les objets, ni l'ordre.

Toute cette nuit-là, on entendit grincer le métal. Plus qu'un grincement, une plainte. Plus qu'une plainte, un chant. Plus qu'un chant, un hymne.

Avant de sortir, le patron jeta un regard fier sur les cinq gigantesques pentures qui chantaient en battant des ailes. Pour joindre les ferrures au milieu, chacun des cinq hommes y avait été inséré à la façon d'un gond...

Au moins là, pensa-t-il, en verrouillant la porte de l'usine, ils chantent.

Le charretier

APRÈS la lune, et juste avant la brume, les habitants du village étiraient leur somnolence en attendant l'unique signal du matin auquel ils croyaient : la charrette.

Après le passage de la charrette, la route était toujours plus claire et ils pouvaient se réveiller à leur aise. Tous. Parce que le cheval avait secoué sa queue, la charrette, ses roues et le charretier, son fouet.

L'été, le vieux charretier allait aux fruits, le printemps, il allait aux fleurs, l'automne, il allait aux feuilles et l'hiver, il allait aux froids.

Exactement, ponctuellement, tous les jours.

Le matin, il passait vers sept heures et revenait à l'heure de la soupe du soir. À cette heure, tous les habitants épiaient les vibrations du cheval et de sa charrette sur la route. Ils surveillaient l'arrivée des ondes dans le gras de leur soupe.

Puis un soir de soupe froide, les habitants restèrent figés comme elle, cuiller en main, guettant les vagues sur le potage.

En vain. Pas une vibration. Juste un bruit. Le bruit assourdissant d'une charrette sans sabots, déchaussée.

Intrigués par ce son inhabituel, les habitants coururent aux volets, les lancèrent hors la fenêtre pour regarder passer la charrette portant dans son vide, le corps du vieux cheval.

Péniblement attelé, mais splendidement harnaché, le vieux tirait la charrette qu'il menait au cimetière.

Il n'alla plus jamais aux fruits, aux fleurs, aux feuilles ni aux froids, juste au cimetière, pendant que les villageois dormaient des journées entières, passant outre l'heure de la soupe.

Les puces

L E JOUR où elle eut quatorze ans, elle
eut aussi un chien très doux et très
soumis.

Le jour où elle eut quatorze ans, son
père lui, eut une faiblesse, une faiblesse très
douce qui se boit dans un verre. En ces jours
d'anniversaire, il célébrait sa fille, comme une
pénitence qui le rapprochait de l'expiation,
car c'était lui et lui seul, l'homme coupable
qui avait engendré cette enfant, laide et dému-
nie. Ainsi, une fois l'an, à cette date précise
du calendrier, il faisait l'effort de boire comme
il faisait l'effort d'oublier.

Le jour où elle eut quatorze ans, le chien-
cadeau lui, eut des puces, par solidarité.

La pauvre enfant reçut ce chien comme
un reproche et se mit à le flatter. Le père flattait sa peine, la pauvre fille, son chien. Et le
chien se flattait d'être flatté. Chez eux, on se

flattait de père en fille, de fille en chien, de chien en puces.

Elles étaient dix. Dix puces, comme dix petits grains de poivre qui roulaient entre les poils du chien. Fascinée par les bestioles, la pauvre enfant oublia le chien et ne se passionna désormais que pour ses puces. Le chien poilu n'était plus que l'emballage du vrai cadeau : dix puces bien grouillantes. Elle les poursuivait dans tous les recoins de la fourrure de l'animal, du bout des yeux et du bout des doigts. Elle s'attristait quand l'une d'elles se camouflait dans les touffes de poils noirs et se réjouissait quand elle réapparaissait dans une clairière de poils blancs.

Accidentellement négligé et abandonné, le beau chien doux mourut d'ennui au bout d'un an.

Le père l'enterra avec ses puces.

D'instinct, puisqu'on lui avait si souvent répété qu'elle n'avait pas d'intelligence, la pauvre enfant courut à la fosse, déterra la dépouille du chien, s'empressa de cueillir les dix puces et les enferma dans un bocal de verre. Elle plaça ensuite le bocal sur le rebord de sa fenêtre en attendant. Elle était habituée à sa toute petite cervelle et savait en attendre les faibles étincelles. Soudain, mue par un spasme de génie, elle prit le bocal, sortit de la maison, sauta la clôture et se dirigea vers le chien du voisin. Elle ouvrit le bocal, éparpilla les puces sur le dos du chien et retourna chez elle. Le gros chien docile rentra dans sa niche pour aller couver ses puces.

Elle l'épia toute la journée. Elle le surveillait tellement fort que le chien du voisin crut l'entendre et dressa une oreille. Alors, le miracle se fit : le chien sortit de sa niche, pencha la tête, étira sa patte arrière et gratta énergiquement derrière l'oreille droite, puis derrière l'oreille gauche, puis gauche, puis droite, à une cadence infernale. Les puces étaient sauvées.

La pauvre enfant eut un sourire presque intelligent, s'applaudit et put enfin avoir quinze ans.

Petites fesses

PETITE, Lisa montrait ses fesses. Plus grande, elle montrait ses seins. Maintenant, elle montre aux enfants comment montrer leurs fesses.

Ce métier est fort payant, car les parents sont consciencieux et savent reconnaître les mérites d'une pédagogie novatrice. Ils paient volontiers et suivent avec bienveillance les progrès de leurs chers petits.

Certains jours, Lisa pleure et suspend les cours. Surtout quand un de ses élèves, tout grandi, tout ambitieux, auréolé, porteur d'un diplôme, reconnu avocat ou médecin, prend le train pour la capitale. Les parents, eux, fièrement plantés sur le quai de la gare, agitent vers le wagon une main toute confiante. Ils savent que si le diplôme d'études supérieures devait lui faire faux bond, grâce à leur prévoyance et à Lisa, l'enfant saurait sur quoi retomber.

Ses petites fesses.

Lisa, elle, n'aura jamais d'enfants.

Le fruit funambule

UN HOMME affamé aperçut une table sur laquelle deux pommes se tenaient en équilibre, au beau milieu. Il voulut s'attabler, mais l'empattement du meuble était trop étroit pour recevoir ses grosses jambes. Il saisit donc une des pattes de bois entre ses deux mains fortes comme des étaux et la brisa tel un os. Les deux pommes roulèrent d'effroi sous la secousse et l'une d'elles tomba sur le plancher tout près de la patte rompue.

Libéré d'elle, l'homme put enfin se mettre à table. Instinctivement, il inséra son genou plié sous le moignon de la patte sectionnée pour équilibrer le meuble.

Le bois éclissé, mal aiguisé, lui déchirait la peau. Lentement. Avec précision. Là, où elle était le plus tendue, au sommet de la rotule. De loin, on discernait une table estropiée à prothèse humaine.

De petites lignes de sang fuyaient les accrocs de la chair pour aller tatouer la jambe grasse de l'homme.

Ému par la douleur, l'homme chercha appui et vit le membre de bois qui gisait sur les carreaux de tuile. Il le ramassa et tenta de le remettre à sa place; le joint se faisait mal. Les éclisses ne se raccordaient plus. Le sang du genou blessé de l'homme lui faisait une colle rougeâtre qui pâlissait en séchant sans réussir à cimenter le bois trop poreux. La patte de bois lâcha prise et l'homme remit sa prothèse en place pour éviter que la table ne s'écroule.

Le fruit funambule n'osait pas sauter dans le vide; il continua de promener son équilibre sur le grain du bois.

Le genou, et maintenant la cuisse de l'homme lui faisaient très mal. Le bois biseauté affilait ses pointes à l'émail des os blancs; il pénétra les chairs, tailla les nerfs et perfora les muscles. Une blessure profonde, toujours plus profonde.

Une amputation. Les grosses échardes, comme des piquants de hérisson, se frayaient un chemin dans l'anatomie engourdie par la douleur. L'homme s'endormit.

À son réveil, il se leva et tomba sur le sol. Sa tête heurta la patte de bois abandonnée sur le plancher. La jambe de l'homme était amputée à la hauteur de la cuisse; la table, elle, était là, debout, bien solide, frappant du talon de sa jambe humaine.

L'homme tenta de se relever; il n'y par-
vint pas. Il prit alors la patte de bois, l'ajusta
à son moignon de jambe, se releva, replaça
la table et s'en alla en croquant dans la
pomme.

Les gueux

LES GUEUX n'étaient ni bruyants ni nombreux, mais ils déparaient la ville impeccable qu'avait aménagée la communauté.

Ces miséreux étaient sales et malades, laids et repoussants. Leur crasse grise et grasse tachait les trottoirs de la cité, leurs microbes à ventouses collaient aux vitres des maisons et leurs poux commençaient à s'attaquer aux chiens racés des citoyens aisés.

Les citoyens honnêtes se rassemblèrent, parlementèrent et se rendirent chez le maire pour exposer cette situation intolérable et gênante. Le maire, qui était un homme bon et pacifique, se gratta le crâne. Au fond, il trouverait bien une solution; il demanda aux contribuables de patienter un peu. Mais les contribuables ne sont pas des gens patients. Ils arrachèrent au maire sa plume et son influence et coururent chez le ministre en tirant au bout d'une corde le plus odieux des gueux pour le montrer en exemple.

Pendant ce temps, le maire continuait de se gratter le crâne, regardant tomber ses cheveux épuisés. Soudain, il trouva. Il rentra chez lui, se coucha et dormit du sommeil du juste.

Au matin, au lieu de se rendre à la mairie paré de son costume protocolaire, le maire se rendit chez les miséreux vêtu d'humbles habits. Il les salua, leur sourit et mangea avec eux. Il venait d'entamer une pomme gâtée et brune, quand les agents anti-peste du ministre firent irruption. Camouflés derrière des masques à gaz, des ordres et des sommations, ils exterminèrent cette race de pauvres gens et, parmi eux, le maire.

Depuis lors, la ville impeccable n'a plus de gueux ni de maire.

Et c'est le désordre absolu.

À l'envers

DANS une grande métropole en béton, une équipe d'urbanistes, d'architectes et de paysagistes très diplômés, décidèrent un jour de mettre la nature, l'environnement, comme ils se plaisent à la qualifier, à l'honneur.

Dans la grande forêt d'édifices miroitants qu'ils avaient élevés, ils entreprirent de faire pousser des arbres. Ils plantèrent donc une série d'érables dans des caisses de bois qu'ils disposèrent le long des rues, des trottoirs et même sur les toits des édifices gouvernementaux.

L'un des arbres, un pauvre érable décharné, vivant à peine, les racines désespérément agrippées au fond de sa caisse, dépérissait, seul au coin d'une rue très fréquentée. Certes sa cause était noble, mais son allure l'était moins.

Sa vie n'avait plus de sens. Quand il regardait vers la rue, il était pris du vertige de la circulation et, quand il regardait du côté des vitrines des magasins, il se voyait affublé de vaporeuses robes de nuit qui le ridiculisaient davantage.

Toutes les semaines, un savant soigneur d'arbres venait lui injecter des antidotes contre l'oxyde de carbone, contre les pluies acides, contre la poussière. Après chacune des injections, l'érable misérable se mettait à vomir ses feuilles, comme des messages de détresse. Il était devenu si faible, si chétif, qu'il frissonnait même quand il ne ventait pas.

Puis un jour, un déracineur d'arbres, véritable bourreau de la nature, pardon, de l'environnement, vint le chercher pour le conduire au dépotoir municipal. L'érable fut alors lancé dans un grand trou où gisaient déjà plusieurs de ses congénères déchus.

Ainsi, les années passèrent... et les érables aussi!

Pourtant, un matin, alors que le déracineur allait se débarrasser d'un autre chargement d'érables au dépotoir, il vit que tous les érables étaient encore vivants, mais qu'ils poussaient à l'envers, les feuilles dans le sol et les racines dans le ciel!

Bientôt, on vit s'étendre toute une forêt d'arbres, enracinés dans l'air, les feuilles bourgeonnant dans la terre ferme.

Aujourd'hui, si vous passez par là, vous pourrez visiter les beaux grands jardins souterrains, chauffés et éclairés, que les architectes, urbanistes et paysagistes de plus en plus diplômés ont aménagés sous la terre.

Les croix

I L Y EN avait cent dix-sept.

Elles avaient poussé durant la nuit. Une nuit pas plus noire que d'habitude, avec une lune pas plus décroissante que d'habitude. Sans vent, ni orage.

Elles avaient poussé durant la nuit. Je dis «poussé» parce qu'elles avaient des racines, de celles, dit-on, qui vont jusqu'en Chine. De terribles racines qui déchirent le sol en lui laissant des cicatrices.

J'avais dû vérifier moi-même; mon statut de prêtre m'en faisait obligation. Les affaires de croix sont toujours référées au saint ministère pour la forme, sûrement. Tout le village se rassembla sur la colline. De cette hauteur, on pouvait surveiller le cimetière insolite qui avait envahi le pâturage abandonné.

Valeureux berger devant mes pauvres brebis apeurées, craignant elles ne savaient plus quel démon, j'ouvris les bras pour implorer je ne sais plus quel dieu.

Ma posture leur donna de l'audace. Les traits ravagés par l'angoisse, mes paroissiens avancèrent d'un demi-pas pour de plus près guetter le miracle de leur saint curé.

Mais, au soleil de deux heures, mon ombre projeta la forme noire d'une grande croix sur l'herbe verte. Instinctivement, j'avançai pour la piétiner, mais elle était impossible à rattraper. Plus elle avançait en direction de la pente de la colline, plus j'implorais et plus grand j'ouvrais les bras. Je poursuivais ma croix, encouragé, soutenu par les âmes pieuses du village.

Soudain, juste au moment où l'ombre cruciforme se mit à courber sa verticale le long de la pente, je levai les yeux vers la route. Le panneau indicateur montrait : PO-PULATION : CENT DIX-HUIT HABITANTS.

Je courus alors vers la route, traînant ma croix avec moi, au bout de mes deux bras. J'arrêtai le premier camion qui passa.

C'était un petit camion blanc, étrangement blanc, un peu translucide, à cause du soleil de deux heures.

Parfois, je reviens dans mon village.

Les cent dix-sept croix enracinées sont de plus en plus éprises du pâturage et des touristes bruyants circulent dans la ville fantôme.

L'homme-vedette

ELLE ne voyait presque jamais son mari. Plutôt, elle le voyait trop. Cet homme-vedette qu'elle avait épousé surgissait presque tous les jours parmi les potins du journal auquel elle s'était abonnée. La belle face carbonée de son homme la hantait chaque jour davantage.

S'en débarrasser. L'effacer. L'oublier. Pour prendre sa place.

De ces pages de journal, elle fit des boulettes de papier pour son chat, des allume-feu et des avions défectueux qui s'écrasaient dans la poubelle.

Un jour, le gros chat dédaigna les boulettes, le feu refusa de s'enflammer pour ce vulgaire papier et la poubelle régurgita tous les avions.

Défaite, l'épouse examina ses petites mains toutes noircies et pensa :

«Je suis salie..., mon mari me souille.»

Dans un geste d'abandon, elle s'étendit de tout son long sur la page centrale, là où l'image de son mari gisait aussi. Soudainement, elle administra une superbe gifle à la photo.

L'homme-vedette fut propulsé hors de son cadre et alla s'écrouler dans le pli du journal. D'instinct, elle souffla sur cette petite silhouette obscure.

Telle une poussière de gomme à effacer, le petit homme-vedette glissa le long du corridor que formait le pli et tomba dans le vide, en tourbillonnant. Il se leva et s'étira en bâillant pour retrouver sa taille normale. Il regarda par-dessus son épaule les grands titres du journal et prit la porte du monde ordinaire.

Elle, sa femme, souriait, séduite.

Elle voulut se relever pour le suivre, mais sa jupe resta accrochée aux mots tordus sur les lignes, comme des barbelés.

Elle tira sur l'étoffe pour se dégager, mais l'étoffe se déchira, comme du papier journal et avec le même cri. Alertés, les personnages des bandes dessinées firent volte-face pour mieux apprécier le spectacle. Ils virent alors une femme bizarre, en forme d'entonnoir, qui tombait goutte à goutte dans le cadre vide laissé par son mari. La dernière goutte fut pour le sourire. Figé. Photogénique.

On pouvait lire, en caractères gras, sous cette photo :

«DISPARITION D'UN ACTEUR BIEN CONNU : SA FEMME EST SOUPÇONNÉE DE MEURTRE...»

Les fous

L ES GENS de l'île marchaient à la file.
Ils étaient trente-cinq; ils marchaient
à la file.

À terre, on disait : «Tiens! Voilà les gens
de l'île à la queue leu l'île.»

Ces trente-cinq insulaires partageaient
un grand radeau de terre et de nature, bien
ancré dans la mer ferme avec dix mille fous
de bassan. Gracieusement, les oiseaux avaient
cédé la majeure partie de l'île aux hommes,
ces rois de terre, pour aller s'entasser sur
une falaise piquée dans une baie charmeuse.

Une agglomération, un fouillis de trois
mille nids contre sept maisons, bien espa-
cées, bien éloignées les unes des autres.

Ainsi, à l'extrémité est de l'île, des mil-
liers d'oiseaux blancs se chamaillaient, con-
testaient, se marchaient sur l'aile en se criant
à la cervelle des mesures démesurées pour
tâcher de préserver un tout petit territoire.

Un tel vacarme. On aurait dit que toute l'île était en train de se fendre en deux, tant les revendications des fous de bassan étaient aiguës et tranchantes.

Au cœur de ce tumulte, dans les vastes étendues de marguerites, se tapissait une toute petite colonie de gens silencieux, toujours à l'écoute de l'argumentation de ces oiseaux qui, un jour, leur avaient gentiment abandonné un si grand territoire.

À l'extrémité ouest, la mer, dérangée par ce chahut, s'armait de vagues fracassantes en remontant sa marée et venait pousser avec force sur les rochers, suppliant tous ces fous d'aller amarrer leur radeau plus au large. Mais l'île ne bougeait pas.

Puis un jour de paisible querelle, le gouvernement arriva.

Un grand gouvernement et deux petits gouvernements qui marchaient de front, étant grandement habitués aux grands boulevards. Ils portaient un grand projet blanc et des sacs d'argent qu'ils déposèrent sur les sept perrons des sept cabanes.

Les gens de l'île, éblouis et souriants, ramassèrent les sacs, cédèrent l'île au projet blanc et prirent la route molle vers la terre ferme. Pêle-mêle, en grand désordre.

Débarrassés, les gouvernements firent un grand ménage sur l'île, investissant cent fois plus d'argent à conserver de prétendus cachets aux intérieurs des maisons qu'à l'acquisition des habitations délabrées.

Le septième jour, comme s'il eut été un dieu, le grand gouvernement se mit à créer des êtres. D'abord, un savant naturaliste pour classifier et répertorier les arbres, les fruits et les fleurs. Puis une femme. Une belle historienne pour écrire la valeureuse épopée des colons insulaires. Plus l'encre coulait, plus il y avait de taches dans le récit.

Tout le long de la falaise, les gouvernements érigèrent une clôture de lattes pour protéger l'intimité des fous de bassan contre les touristes-voyeurs qui viendraient en pèlerinage dans le sanctuaire d'oiseaux.

Le sanctuaire fut prêt et le gouvernement se reposa. Le printemps se chargerait bien d'amener les touristes et les oiseaux migrateurs.

Le printemps amena les touristes. De beaux touristes gras et riches, précédés du grand gouvernement et de son équipe de petits gouvernements très sérieux. Ensemble, ils attendirent sous le soleil et sous la lune, le retour des fous de bassan.

Puis, un beau matin, un matin qui devrait s'écrire en majuscules, la brume tranquille s'agita, puis se déchira en centaines de petits nuages pour laisser passer les fous de bassan. Il y avait plus d'écume dans le ciel que sur la mer.

Ils approchaient. Ils arrivaient. Ils couronnaient l'île. Ils la consacraient. Mais les touristes étaient bien trop gras pour s'émouvoir et les gouvernements bien trop sérieux pour s'attendrir.

Les trente-cinq premiers oiseaux volaient à la file, portant sur leur dos les gens de l'île, qui laissèrent tomber leurs sacs d'argent dans la mer avec les excréments des oiseaux.

Le grand gouvernement ordonna qu'on expulse les insulaires, les exilés, mais les petits gouvernements apeurés étaient déjà en pleine mer, sur leur bateau confortable.

La tête sous l'aile, le grand gouvernement dut marcher sur les eaux pour regagner la terre.

L'albinos

Qu'avait bien pu être son crime? L'albinos-président fit lever l'accusée, en fit le tour comme on dresse une muraille avant d'exposer à ses acolytes les taches bleu-ecchymose sur la dentelle de sa robe, près du cou.

L'inculpée baissa la tête, blanche comme son silence. Les albinos-jurés activèrent leurs esprits qui se mirent à tourner en rond autour de cette faute bleue qu'ils redoutaient autant que la lumière.

Elle avait trahi sa race : la preuve était là, imprimée sur sa robe. La loi des albinos était écrite ainsi : « L'albinos doit demeurer fidèle au Parti Rouge de la confrérie et éviter tout contact de couleurs contrastantes. »

Le conseil des albinos résolut d'ajourner la séance et délibéra durant quatre nuits, avant de s'accorder sur une faible hypothèse qui lui servit d'inculpation : « Les taches avaient été faites par le sang bleu du fruit défendu que l'on appelle « bleuet ». Or, il était strictement interdit aux albinos du Parti Rouge de cueillir ou de manger ce fruit.

Il emmenèrent la coupable, la dépouillèrent de sa robe incriminée pour l'habiller d'une tunique blanche. Ils lui ficelèrent la taille d'un ceinturon rouge dont ils se servirent pour la faire marcher dans la pièce.

Des albinos arrivèrent de partout, chargés de leurs plus belles offrandes rouges : un panier de petits fruits, des œillets, des rougets, des vins d'Espagne et des rubis. On immola le plus beau lapin blanc pour en faire un civet et on fit boire à la traîtresse le sang chaud du petit animal. Elle avait l'air d'un fantôme dont les yeux et les lèvres s'ouvraient pour déchirer sa pâleur.

Pas assez immaculée!

Pas assez blanchie!

Pas assez innocentée!

Ils criaient ces verdicts en continuant de s'empiffrer de mets et de liqueurs rougeâtres.

L'albinos-président, bavant d'orgueil sur sa trouvaille, tituba jusqu'à la coupable. Heureux bourreau, il se mit à rire en allumant un flambeau devant ses yeux affolés. La douleur intolérable provoquée par cette clarté se mit à crépiter dans les petites braises des yeux de la condamnée. Elle tomba sur le sol.

Quand elle revint à elle, le banquet était terminé. Elle était seule. Elle essuya ses yeux rougis dans la fourrure du lapin évidé. Sa tête et son cœur avaient des égarements.

Elle dénoua le ceinturon qui étranglait sa jeune grossesse et la tunique tomba à ses pieds, près de celle du lapin. Elle contempla leurs deux innocences, ramassa sa pauvre robe tachée et l'enfila. Son délicieux délit, son vrai délit, son délit tout bleu, impuni, impardonné lui baisait la peau, lui mordait le cou.

Le délit engendré par l'amant aux yeux bleus, qui de ses larmes de tendresse avait souillé la dentelle de sa robe.

Le borgne

IL ÉTAIT beau. Il avait toujours été beau. De ceux dont on retient les boucles blondes et les yeux bleus. De ces enfants choyés et privilégiés dont la belle tête est paradée sur un char allégorique comme l'avait été, jadis, celle de Jean-Baptiste, le saint patron qu'il représente.

Il était borgne. Il n'avait pas toujours été borgne.

Son père, qui l'avait surpris à épier par les trous de serrure, avait décidé de corriger le jeune voyeur.

Avec une aiguille à tricoter.

Maintenant, il a un fils borgne aux boucles blondes et à l'œil bleu.

Un beau borgne.

Le mouton

L A BERGÈRE but son lait de chèvre en toute hâte et courut aux champs tricoter la laine débordant de son mouton.

Le chandail prenait belle forme et la bergère se dit qu'un peu de couleur égayerait l'écru. Elle mélangea donc des teintures de framboises et de mûres, pour en enduire le mouton inquiet et tricoter en couleur.

Le gros mouton, humilié, bêla son embarras dès qu'il vit les mailles rouges et bleues se dévider de sa toison.

La bergère ignora la plainte.

Le chandail à quatre manches terminé, elle en revêtit le mouton frileux, le mena à la foire et attendit le verdict.

L'animal fut primé parmi cent moutons bien lavés, bien tondus et remporta une très grosse médaille dorée. La bergère retourna chez elle, fière et joyeuse. Elle fit une halte à l'église pour expliquer à son bon Dieu, d'un ton hautain, comment il aurait pu créer les moutons en couleur.

Cette nuit-là, une pluie diluvienne tomba sur la campagne et sur le mouton mal abrité sous un arbre chétif. Au matin, quand le soleil parut, le mouton s'y étendit, bien à plat, pour faire sécher son chandail.

Vers cinq heures de l'après-midi, après avoir bu son lait de chèvre, la bergère courut aux champs retrouver son héros.

Calamité! Devant elle, l'animal raide mort, par strangulation. Au cours de cette journée ensoleillée, le champion avait été victime de son fameux chandail bicolore qui l'avait étranglé en rétrécissant au séchage.

Inconsolable, la bergère courut à l'église pour demander à son bon Dieu pourquoi les chandails en laine de mouton, quand ils sont mouillés, rétrécissent au soleil alors que les moutons mouillés, portant la même laine, ne rétrécissent pas sous la même pluie et le même soleil.

Le bon Dieu ignora sa plainte.

Le petit monsieur

Il COMMENÇAIT à s'habiller vers six heures. Il enfilait d'abord son air maigre, puis mettait sa cravate bleue et ses fausses petites lunettes qui lui embrochaient la tête d'une oreille à l'autre. Ensuite, il se laissait tomber au fond de son trop grand complet jusqu'à ses souliers négligés. Ainsi accoutré, il se dirigeait prestement vers le grand restaurant, portant sous son bras un livre savant. Avant d'entrer, il ajustait son air maigre, rentrait les joues pour en faire ressortir la saillie, poussait la porte et allait s'asseoir en ouvrant son grand livre savant. Il ne commandait jamais qu'un café, fort distraitement.

Il répéta ce scénario quotidiennement pendant une semaine. Il était convaincu que son comportement serait bientôt apprécié et qu'il deviendrait ainsi un client respecté à cause de son grand livre, de son grand complet et de ses petites lunettes.

Quand il s'aperçut que le patron était sur le point de lui jeter ses faveurs, il cessa de se présenter au restaurant et, pendant une semaine, il se laissa désirer.

Quand il revint, le patron, tout réjoui de retrouver son petit monsieur, le conduisit à sa table habituelle et lui offrit un bon repas avec les compliments de la maison. Le patron n'était qu'admiration devant ce petit homme maigre et cultivé qui négligeait de nourrir son corps pour mieux nourrir son esprit. Il décida de prendre en main la nutrition de son client; tous les soirs, il apportait un plateau fort garni à ce monsieur qui mangeait et remerciait en gardant les yeux dans son livre.

Ce traitement de faveur dura longtemps, si bien que le petit monsieur qui n'était plus petit, n'arrivait plus à se corser dans son air maigre et son grand complet lui collait maintenant à la peau. Le petit monsieur épaississait au même rythme que les livres qu'il se plaisait à exhiber pour conserver son statut d'homme érudit.

Mais le restaurateur s'attrista de l'embonpoint du petit monsieur sérieux et se mit à maigrir de culpabilité en se répétant que les petits messieurs sérieux trop gras perdent leur crédibilité. Il s'engagea à remédier à ce triste changement.

Un soir, au lieu de lui apporter son plateau quotidien, il lui apporta un menu. C'était sa façon de remettre à ce petit homme de qualité la responsabilité et l'honneur de son alimentation.

Le petit monsieur, très étonné et soudain frappé d'un sérieux authentique, regarda, perplexe les écritures du menu, le déposa sur la table, à côté de son livre et sortit, regrettant de n'avoir jamais appris à lire.

Un voyage
au ciel

LE SUICIDÉ de la caisse fut monté au ciel dans un éclair. Sans jugement dernier et sans procès pour éviter que l'on ébruite les circonstances entourant sa mort. C'est le geôlier céleste qui en avait donné l'ordre.

Le borgne, vêtu d'un smoking, fut le premier témoin de cette ascension sans escale alors qu'il épiait la galaxie par le trou de la serrure. Il alerta le paradis pour que tous prennent place, comme convenu.

Ils étaient là, les gueux, les amants et les fous sagement alignés sur des bancs, comme à la gare; plus loin, le fiancé déçu croisait le fer avec son bon dieu de rival qui se fendait en trois pour lui expliquer le mystère de la sainte fiancée.

Dans un café-temple, un demi-frère jouait de l'accordéon de son unique main gantée, tandis qu'un homme-vedette chantait une java diabolique. Entre les tables et les chaises, un tout petit monsieur à lunettes battait la mesure de ses petites fesses, comme s'il avait été mordu par des puces voraces. Sur de beaux fils de laine bleue et rouge, tendus entre deux miracles, des fruits funambules roulaient sans tomber.

Les portes du ciel n'étaient même pas verrouillées, quand le suicidé de la caisse arriva encore faible et puant devant le geôlier céleste. La porte s'était ouverte sur des notes très gaies que grinçaient cinq énormes pentures. Le nouvel élu flancha : trop de bruit et d'obscénités. Quand il reprit conscience, deux jolies poupées portant sous l'aisselle des ailes d'archange le berçaient dans leurs bras langoureux.

« Mais c'est le ciel à l'envers, murmura le suicidé de la caisse. Faut-il aux hommes tant de croix pour atteindre ce palier suprême et faire leur grande demande pour l'éternité? »

Le geôlier céleste dédaigna ce verbiage païen et s'empressa de passer au doigt de sa recrue l'anneau éternel avant de l'installer sur son nuage particulier.

Ainsi, la paix revint dans le ciel et dans l'âme du geôlier céleste qui venait de laver sa faute. Une faute, plutôt une faiblesse. Car c'était lui, qui, un jour d'ennui, avait envoyé une caisse sur la terre, chez un homme fragile, pour rigoler un peu.

Table des matières

Parole vivante

1. Jacques Flamand, **Nasse et feu. Poèmes,** 1983, 128 pages.

2. Bagriana Bélanger et Irène Thériault-Beaudin, **Ma voix seule entend ta voix. Poèmes,** 1984, 64 pages

3. Louise de gonzague Pelletier, **D'ombres (poème),** 1984, 64 pages.

4. André Leduc, **Les sublimes insuffisances. Poèmes,** 1984, 90 pages.

5. Jean-Louis Grosmaire, **L'attrape-mouche. Récit,** 1985, 128 pages.

6. Jacques Michaud, **Tous bords, tous côtés. Poème narratif,** 1985, 70 pages.

7. Linda Fillion Pope, **Du Nord enneigé. Poèmes,** 1985, 58 pages.

8. Claude Pierre, **Le Coup de l'étrier. Textes poétiques,** 1986, 100 pages.

9. Jocelyne Villeneuve, **Terre des songes. Récit poétique,** 1986, 72 pages.

10. Pierre Pelletier, **Zinc or. Poèmes,** 1986, 48 pages.

11. Jacques Flamand, **Mirage. Poésie,** 1986, 64 pages.

12. Eddy Garnier, **Plaie rouillée. Monologue en vers,** 1987, 48 pages.

13. Jean Dumont, **Noir tendre blanc. Poèmes,** 1987, 80 pages.

Composition
en Bookman, corps onze sur quatorze
et mise en page :
Atelier graphique du Vermillon
Ottawa (Ontario)

Séparations de couleurs
et films des illustrations :
So-Tek Graphic Inc.
Gloucester (Ontario)

Impression et reliure :
Les Ateliers Graphiques Marc Veilleux Inc.
Cap-Saint-Ignace (Québec)

Achevé d'imprimer
en mars mil neuf cent quatre-vingt-quatorze
sur les presses des
Ateliers Graphiques Marc Veilleux Inc.
pour les Éditions du Vermillon

ISBN 1-895873-18-5
Imprimé au Canada